W0327274

© SUSAETA EDICIONES, S.A.
© GIRASOLE EDITORE s.r.l.

Progetto: delicado diseño

Edizione italiana: Artemisia, progetti editoriali
Copertina: Olessia Roudenko
Traduzione: Ignazio Pompeo

Tutti i diritti sono riservati. È vietata ogni riproduzione anche parziale a qualsiasi titolo e con qualsiasi mezzo.

Stampato in Cina nel 2007

Nuovo Testamento

L'origine
dell'Universo

In sei giorni Dio creò il mondo e mise ordine nell'Universo. All'inizio Dio creò i cieli e la Terra.
"E luce sia!" disse Dio il primo giorno.
E chiamò "giorno" la luce e "notte" l'oscurità.

Il secondo giorno Dio separò il cielo
dal mare. Il terzo giorno fece apparire
la terra deserta e vi creò piante e alberi.
Il quarto giorno creò il Sole e le stelle.
Il quinto giorno creò gli uccelli
che volano e gli animali
che vivono nell'acqua.

Il sesto giorno popolò la Terra con animali di tutte le specie, e creò anche l'uomo affinché dominasse tutti questi animali. Il settimo giorno Dio si riposò, contento della sua creazione. Regalò quindi all'uomo, Adamo, il giardino dell'Eden affinché vi potesse vivere e mentre Adamo dormiva, da una sua costola, Dio creò la donna e la chiamò Eva.

In mezzo al giardino dell'Eden c'era l'albero della scienza del Bene e del Male. Dio disse ad Adamo ed Eva che avrebbero potuto mangiare i frutti di tutti gli alberi del Paradiso eccetto da quell'albero, perché altrimenti sarebbero morti.
Un giorno, un serpente che viveva sull'albero volle indurre in tentazione Eva, chiedendole di provare quei frutti, assicurandole che mangiandoli lei e Adamo sarebbero diventati saggi come Dio.

Eva allora prese un frutto dall'albero proibito, lo provò e ne diede un po' ad Adamo. All'improvviso entrambi si resero conto che erano nudi e, provando vergogna, si coprirono con alcune foglie.

Dio, vedendo che Adamo ed Eva avevano disubbidito, mangiando il frutto dell'albero proibito, maledisse il serpente e condannò la donna a soffrire e a partorire i figli con dolore, e castigò l'uomo costringendolo a coltivare la terra per ricavarne gli alimenti. Dopo, li espulse dal Paradiso.

Adamo, vedendo che non ce l'avrebbe fatta a coltivare la terra da solo, fece due figli con Eva: Caino e Abele.

Caino era il figlio maggiore
ed era un contadino.
Suo fratello minore
si chiamava Abele ed era
un pastore di pecore.

Caino offrì a Dio i primi frutti del suo lavoro nei campi, e lo stesso fece Abele con i primi cuccioli del suo gregge. A Dio piacque di più l'offerta di Abele che quella di Caino.

Caino, inferocito, provò invidia per suo fratello e, quella stessa sera, quando andò nei campi con Abele, si lanciò addosso al fratello e lo uccise. Dio condannò Caino a vivere come un vagabondo, però consolò Adamo ed Eva dando loro altri figli, e grazie ai loro discendenti gli uomini sulla Terra si moltiplicarono.

Noè e i suoi discendenti

Gli uomini si erano moltiplicati in tutta la Terra,
ma il Male dominava il mondo.
Dio si pentì di aver creato
l'uomo e decise di distruggerlo.
Solo un uomo era giusto e buono con Dio: Noè.

LMontañá

Dio disse a Noè:
"Ho deciso di eliminare gli uomini, perché così estirperò tutto il Male. Farò arrivare un diluvio che distruggerà tutto il creato. Ma salverò te, Noè. Costruisci un'arca di legno e salici a bordo con la tua famiglia. Porterai anche del cibo e una coppia di ogni specie animale, in modo che sopravviva con te".

Noè obbedì a Dio e, quando tutti furono saliti a bordo dell'arca, incominciò a piovere: per quaranta giorni e quaranta notti piovve senza smettere, e l'arca rimase a galla.

Le acque coprirono le montagne e tutte le cose viventi della Terra morirono. Piante, animali e uomini furono sommersi.

Dio si ricordò di Noè e, quindi, mandò un vento caldo che asciugò le acque. Passarono ancora molti giorni prima che le acque scendessero di livello. Solo dopo Noè poté uscire dall'arca, far scendere la sua famiglia e tutti gli animali. Dopodiché ringraziò Dio.

"Procreate e moltiplicatevi
sulla Terra..." disse Dio a Noè
"... Non distruggerò mai più la Terra
per colpa dell'uomo e non manderò mai
più diluvi. Appoggio il mio arco sulle
nuvole, come segno di questa alleanza".
E apparve in cielo un bellissimo arcobaleno.

I discendenti di Noè si propagarono per tutta la Terra. Quando arrivarono alla regione del Sennaar, videro come era bella e decisero di stabilirsi lì. Si misero quindi all'opera e fabbricarono dei mattoni per costruire una città.

Pensarono inoltre di costruire una torre molto alta che arrivasse fino al cielo. Così sarebbero divenuti famosi in tutto il mondo.

Dio vide in quest'opera un gesto di superbia e pensò: "Sono un popolo con una sola lingua e niente potrà impedire di raggiungere quello che pretendono. Confonderò la loro lingua affinché non possano capirsi!".

E infatti, gli uomini incominciarono a parlare lingue diverse e non poterono più capirsi. A causa di ciò, non poterono terminare la torre. La chiamarono torre di Babele, che significa "confusione di lingue", perché lì Dio confuse i linguaggi degli uomini.

In questo modo Dio volle castigare l'ambizione e la temerarietà degli uomini.

Abramo

Un giorno Dio si presentò
ad Abramo e gli disse:
"Guarda il cielo e conta le stelle.
La tua discendenza sarà così numerosa!".

E Dio annunciò ad Abramo che avrebbe dovuto lasciare il suo paese e andare con sua moglie ed il suo bestiame verso la terra di Canaan, terra che avrebbe lasciato ai suoi discendenti.

Sara, la moglie di Abramo, era sterile e chiese a lui di prendere in sposa la sua schiava perché gli potesse dare un figlio. Ma quando la schiava rimase incinta, cominciò a disprezzare la sua padrona che la cacciò di casa. Allora le apparve un angelo e le disse: "Chiamerai tuo figlio Ismaele, e lui ed i suoi discendenti abiteranno le terre d'Oriente".

Tredici anni dopo la nascita di Ismaele, Dio apparve nuovamente ad Abramo: “Io benedico tua moglie Sara, affinché possa darti un figlio, dal quale nasceranno poi i re del popolo”. Abramo rimase sorpreso, visto che lui e sua moglie erano già molto vecchi.

Tre uomini inviati da Dio, dissero ad Abramo di chiamare il figlio Isacco. E così fu. Abramo aveva cent’anni quando nacque Isacco.

Dio volle testare la fede di Abramo e alcuni anni dopo gli chiese in sacrificio il suo amato figlio Isacco. Abramo, ubbidiente a Dio, fabbricò un altare con la legna, prese il coltello e nel momento in cui stava per sacrificare Isacco, udì la voce di Dio.

“Fermati Abramo! Non fare del male a tuo figlio. Vedo che ami e ubbidisci a Dio e, dunque, Io ti benedico e benedico i tuoi discendenti!”.

Passarono gli anni. Abramo era già molto anziano e sua moglie Sara era morta. Un giorno egli incaricò il suo servo più fidato di andare per altre terre a cercare una moglie per il figlio Isacco. Abramo gli diede soldi e cammelli per il viaggio.

Il servo supplicò Dio di dargli un segno per riconoscere la futura sposa di Isacco. In quel momento, apparve una bella giovane con una brocca d'acqua, che dissetò sia il servo sia i cammelli. Il servo capì che quella era la moglie, scelta da Dio.

La giovane si chiamava Rebecca; il servo l'accompagnò fino a casa sua per spiegare ai suoi genitori la missione che Abramo gli aveva affidato. Tutti furono d'accordo sul matrimonio tra Rebecca ed Isacco.

Iniziarono il viaggio di ritorno, e sulla strada incontrarono un bel ragazzo. Rebecca chiese chi era, ed il servo le presentò Isacco. Isacco e Rebecca si amarono sin dal primo momento.

Giuseppe, il signore dei sogni

Giuseppe, figlio di Giacobbe, era pastore come i suoi fratelli, però questi lo detestavano perché era il preferito del padre. Un giorno Giuseppe raccontò un sogno ai suoi fratelli: "Stavamo legando covoni di erba e i vostri si inclinavano verso il mio che stava su dritto!". "Vorrai forse regnare su di noi?" gli domandarono.

I suoi fratelli pensarono di ucciderlo, però il maggiore si rifiutò. Allora tolsero la tunica a Giuseppe e lo vendettero ad una carovana di mercanti, che se lo portarono in Egitto. Poi sporcarono la tunica di sangue e fecero credere al loro padre che Giuseppe era morto.

In Egitto, i mercanti vendettero Giuseppe che venne comprato da Potifar, consigliere del faraone e comandante delle guardie. La sposa di Potifar volle sedurlo, ma Giuseppe si negò e cercò di scappare. La donna lo accusò di tentata violenza e Giuseppe finì in prigione.

Il faraone aveva incarcerato anche due suoi servi: il negoziante di vini e il panettiere. Ognuno dei due fece un sogno strano quella stessa notte e lo raccontò a Giuseppe che lo interpretò.
Al negoziante disse che sarebbe ritornato a lavorare, e gli raccomandò di ricordarsi in quel momento di lui, per farlo uscire di prigione.
Al panettiere disse che sarebbe stato ucciso dal faraone.

E così successe. Però il negoziante di vini si dimenticò della promessa fatta e non fece uscire Giuseppe dalla prigione.

Il faraone fece due sogni che lo preoccupavano, e nessuno sapeva interpretarli. Il negoziante di vini si ricordò allora di Giuseppe e gli parlò di lui. Il faraone fece uscire Giuseppe di prigione e gli raccontò i suoi due sogni: quello delle sette vacche grasse e delle sette magre e quello delle sette spighe buone e delle sette cattive.

Giuseppe gli spiegò che Dio gli stava annunciando con questi due sogni il futuro del suo paese: sette anni di abbondanza e sette anni di carestia. Quindi, gli consigliò di mettere al governo del paese un uomo saggio e intelligente che accumulasse il cibo e lo serbasse per gli anni di carestia. Il faraone lo nominò ministro.

La fame devastava tutta la Terra, e in Egitto arrivarono i fratelli di Giuseppe per comprare del grano. Giuseppe li riconobbe, ma non rinfacciò loro il fatto che si erano comportati male con lui. Diede loro i sacchi di grano senza chiedere soldi in cambio e li invitò a mangiare.

Giuseppe ordinò poi ad un suo servitore di mettere dentro i sacchi di grano dei suoi fratelli il suo calice d'argento, per accusarli poi di averlo rubato.

Catturati, i fratelli di Giuseppe si scandalizzarono. Giuseppe disse loro chi era e li perdonò. E tutta la famiglia si riunì nuovamente in Egitto.

Durante gli anni di carestia, Giuseppe poté sfamare il popolo e allo stesso tempo arricchire i tesori del faraone con i soldi che ricavava dalla vendita di grano ad altri paesi.

Finiti i soldi, i popoli scambiavano i greggi con il cibo, e più tardi diedero a Giuseppe anche le loro terre.

Giuseppe ordinò quindi al popolo di coltivare la terra e di dare un quinto del raccolto al faraone. Il resto sarebbe bastato per nutrire le loro famiglie.

Il popolo accolse con allegria queste parole. E da allora questa fu la maniera di lavorare la terra e dividere i raccolti in Egitto.

Mosè

Il faraone d'Egitto temeva che gli israeliti che vivevano in Egitto prendessero il potere, visto che erano molto numerosi. Furono così obbligati a lavorare come schiavi.

Il faraone ordinò anche che venissero uccisi tutti i bambini israeliti che nascevano. Chiese che venissero lasciate vive le bambine, ma che fossero gettati i bambini nel fiume.

Una coppia israelita ebbe un figlio maschio, e per evitare che venisse ucciso, lo mise dentro una cesta e lo lasciò nel fiume. La figlia del faraone che si stava facendo il bagno nelle vicinanze sentì il pianto del bambino e scoprì la cesta. Decise di prendersi cura di lui e lo chiamò Mosè.

Mosè diventò grande ed istruito. Un giorno difese un israelita ed uccise un egizio, motivo per il quale dovette scappare dal paese.

Mosè si sposò e diventò un pastore. Un giorno vide un rovo che ardeva senza bruciarsi. Si avvicinò e sentì la voce di Dio: "Presentati dal faraone, porta fuori dall'Egitto il popolo israelita e conducilo a Canaan!". Dio gli fece vedere come doveva parlare al faraone e i segnali che avrebbe dovuto mostrargli affinché fosse creduto.

Mosè si presentò dal faraone e gli chiese che lasciasse uscire gli israeliti dall'Egitto. Il faraone disse di no. Allora Mosè gli mostrò il suo potere, convertendo il suo bastone in serpente.

I saggi del faraone fecero lo stesso con i loro bastoni, ma il serpente di Mosè si mangiò gli altri.

Dopo vari prodigi di Mosè e le dieci piaghe che Dio mandò in Egitto per intimorire il faraone, quest'ultimo acconsentì a fare uscire il popolo israelita dall'Egitto per lasciarlo guidare da Mosè verso la terra promessa.

Il faraone in seguito si pentì di averlo lasciato andare via e ordinò che venisse inseguito. Gli israeliti erano accampati vicino al mare quando videro arrivare gli egizi; Mosè stese il bastone sopra il mare e Dio fece soffiare un vento così forte che separò le acque affinché potessero attraversarle. Poi, mentre passavano gli egizi, Mosè stese nuovamente la mano e le acque si richiusero, e tutti gli egizi affogarono.

Mosè guidò il popolo israelita attraverso il deserto ma, dopo aver camminato svariati giorni, questi incominciò ad avere fame e a dubitare di Mosè.

Dio parlò a Mosè e gli promise pane per il suo popolo. Il giorno dopo, tutto il suolo apparve ricoperto di briciole bianche. "Questa è la manna, il pane che Dio vi dà come alimento" disse Mosè.

Arrivati al monte Sinai, Dio fece in modo che vi salisse solo Mosè, affinché ricevesse le leggi che siglavano l'Alleanza con Lui.
"Non creerai nessuna scultura o immagine, né la pregherai!" disse Dio.
Mosè passò quaranta giorni e quaranta notti sul Sinai, e in quel periodo di tempo ascoltò Dio e ricevette le Tavole della Legge con i Dieci Comandamenti.

Il popolo di Israele, vedendo che Mosè tardava a scendere dal monte Sinai scolpì un vitello d'oro e celebrò una festa in suo onore. Quando Mosè scese dal monte e vide questa cosa, pieno di rabbia scagliò le tavole al suolo fino a frantumarle e bruciò il vitello d'oro.

Re Salomone

Dio apparve in sogno a re Salomone e gli offrì tutto ciò che egli avesse chiesto. Salomone chiese un cuore saggio per poter giudicare il suo popolo. Dio, contento che avesse richiesto questo invece di ricchezza e gloria, gli diede entrambe le cose.

Due donne che vivevano insieme e avevano partorito insieme si presentarono davanti al re Salomone. Discutevano tra di loro perché, durante la notte, uno dei due bambini era morto; la madre lo aveva scambiato con quello dell'altra mentre dormivano, e quindi entrambe reclamavano il figlio come loro.

Il re chiese una spada e disse: "Dividete il bambino vivo in due e datene una metà a ciascuna donna!". "Date a lei il bambino..." disse una "... però non uccidetelo!". "No, che venga ucciso!" disse l'altra. "Date il bambino alla prima che ha parlato, poiché è la madre!" sentenziò Salomone. E tutto Israele seppe che il suo re possedeva la saggezza divina per fare giustizia.

Proprio come Dio aveva promesso, la gloria del saggio re Salomone si estese per tutti i suoi regni. Arrivavano da tutte le parti per ascoltare le sue sagge parole e testare la sua grande intelligenza.

Molti sudditi si recavano da lui per trovare una soluzione alle loro liti, confidando nella giustizia del suo cuore saggio ed intelligente.

Il popolo d’Israele rispettava così tanto il proprio re che tutti pagavano di buon grado i loro tributi, e ben presto le ricchezze di Salomone raggiunsero una fama così grande quanto la sua saggezza.

Per ringraziare Dio, Salomone cominciò a costruire un tempio gigantesco in suo onore. I lavori durarono sette anni, e causarono ammirazione in tutti, per i legni pregiati e le ricche decorazioni d’oro.

La fama del re Salomone arrivò alle orecchie della regina di Saba, che, desiderosa di conoscerlo, si presentò davanti a lui con regali; ne rimase favorevolmente impressionata e disse: “Adesso che lo vedo con i miei propri occhi, riconosco che la tua saggezza e le tue ricchezze superano tutto ciò che ho sentito dire. Benedetto sia il tuo Dio!”.

Il re Salomone amò molte donne straniere, che provenivano da nazioni che credevano in altri dei, e Salomone finì per pregare questi dei. La cosa dette fastidio a Dio, il quale, come castigo, non lasciò che il regno di Salomone venisse ereditato da suo figlio, bensì dal suo avversario Jeroboam.

Un profeta di Dio, rompendo il suo mantello in dodici parti, parlò così a Jeroboam: “Prendi per te dieci pezzi, perché così dice Dio: ‘Dividerò il regno di Salomone e darò a te dieci tribù e sarai re d’Israele. Il figlio di Salomone, Roboam, regnerà solo su una tribù e Gerusalemme!’”.

Morto Salomone, salì al trono suo figlio Roboam, ma il popolo israelita si ribellò per imporre un governo più duro, e Roboam fuggì fino a Gerusalemme, dove regnò. Israele acclamò quindi Jeroboam come re.

Jeroboam non seguì i comandamenti di Dio, e Dio annunciò disastri sulla sua discendenza. I successori di Jeroboam furono assassinati e le loro case incendiate.

Giovanni il Battista

Ai tempi del re Erode, viveva un sacerdote chiamato Zaccaria e sua moglie Elisabetta, entrambi anziani e senza figli. Un giorno un angelo apparve a Zaccaria, per annunciargli che presto avrebbero avuto un figlio che avrebbero chiamato Giovanni. Sarebbe venuto a preparare il popolo di Dio e sarebbe stato pieno di Spirito Santo.

Mesi dopo,
la Vergine Maria, che
già era incinta di Gesù,
andò a visitare sua
cugina Elisabetta,
la moglie di Zaccaria.
Quando la Vergine
Maria la salutò,
il bambino
che stava nella
pancia di Elisabetta
si agitò di gioia.

Elisabetta benedisse quindi la Vergine Maria e il figlio che portava in grembo, e si sentì molto felice al sapere che si sarebbero compiute le promesse dell'angelo.

Siccome Zaccaria aveva dubitato dell'angelo, dal momento che era convinto di essere troppo vecchio per avere un figlio, come castigo perse il dono della parola. Quando nacque il bambino e bisognò dargli un nome, Zaccaria scrisse su una lavagnetta: "Giovanni è il suo nome!" ed in quel momento potè ricominciare a parlare.

Zaccaria ringraziò Dio e, pieno di Spirito Santo, predisse che suo figlio Giovanni avrebbe preparato le strade del Signore e che sarebbe venuto per salvare il suo popolo.

Giovanni crebbe ed incominciò a predicare la parola di Dio attraverso le terre del fiume Giordano. Annunciava la salvazione attraverso il perdono dei peccati.

Il popolo pentito veniva battezzato da lui nelle acque del Giordano. E così venne chiamato Giovanni il Battista.

Quando i sacerdoti vennero a sapere che Giovanni battezzava nel Giordano, andarono a chiedergli se fosse lui il Cristo promesso che avrebbe salvato Israele.

"Io sono la voce
che annuncia la
strada del Signore.
Io battezzo con acqua,
ma colui
che viene è più
potente e battezzerà
con lo Spirito Santo!"
disse Giovanni.

Mentre battezzava, Giovanni predicava il bene. “Che cosa dobbiamo fare?” domandava la gente. “Chi ha due tuniche, le divida con chi non ne ha; chi ha da mangiare, faccia lo stesso!”.

Un giorno, Gesù Cristo andò al fiume Giordano per essere battezzato da Giovanni. "Sono io che devo essere battezzato da te, e tu vieni da me?" gli disse Giovanni. "Adesso deve essere così, affinché si compia tutto ciò che è scritto!" rispose Gesù.

Non appena Gesù
fu battezzato, i cieli si aprirono
e lo Spirito Santo sotto forma
di colomba, scese su di Lui.
Si udì una voce che diceva:
"Questo è il mio amato
Figlio, e me ne rallegro!".

Dopo un po' di tempo, Giovanni venne imprigionato perché criticava il re Erode che gli fece tagliare la testa. Giovanni aveva già compiuto la sua missione: preparare la strada di Gesù Cristo.

Nascita e infanzia di Gesù

A Nazaret, viveva una giovane vergine che si chiamava Maria, fidanzata di Giuseppe. Un giorno le apparve l'angelo Gabriele e le annunciò che avrebbe avuto un figlio grazie allo Spirito Santo: si sarebbe chiamato Gesù e avrebbe regnato come Figlio di Dio.

Quando Giuseppe seppe che Maria era rimasta incinta, decise di non sposarla. L'angelo gli apparve in sogno e gli disse: "Non temere nel prendere Maria in sposa, perché quello che è generato in lei è opera dello Spirito Santo. Chiamerete il bambino Gesù ed Egli salverà il popolo dai suoi peccati!".

Giuseppe, svegliatosi dal sonno, fece come l'angelo del Signore gli aveva ordinato e prese in sposa Maria.

Giuseppe e Maria se ne andarono a Betlemme. Arrivò il momento del parto e trovarono solo una mangiatoia. Lì Maria diede alla luce suo figlio.

L'angelo del Signore annunciò ad alcuni pastori che era nato il Figlio di Dio e che lo avrebbero trovato avvolto in panni in un'umile mangiatoia. Quando arrivarono a Betlemme e lo trovarono, tutti lodarono Dio.

Tre Magi provenienti da Oriente si presentarono a Gerusalemme domandando: “Dov’è il re dei giudei, appena nato? Abbiamo visto la sua stella in Oriente e siamo venuti per adorarlo...”.

Seguirono la stella fino a quando questa si fermò sopra il luogo in cui c’era il bambino. Entrarono ad adorarlo e gli offrirono in dono oro, incenso e mirra.

L'angelo del Signore avvisò in sogno Giuseppe: "Prendi con te il bambino e Maria e fuggite in Egitto. Rimanete lì fino a quando io ti dirò, perché Erode cercherà il bambino per ucciderlo!". Così fecero, e rimasero in Egitto fino alla morte di Erode.

Erode impaurito dalla nascita del Cristo, annunciata dai profeti, in un attacco d'ira ordinò ai suoi soldati di uccidere tutti i bambini minori di due anni in Betlemme.

Ci fu un grande dolore in tutta la regione. Erode temeva così tanto il potere di colui che chiamavano "il Re dei Giudei"!

Passati un paio di giorni dalla nascita di Gesù, Giuseppe e Maria portarono il bambino a Gerusalemme, e lo presentarono nel tempio, come si faceva sempre con qualsiasi bambino, secondo la legge di Mosè.

Morto Erode, l'angelo del Signore apparve in sogno a Giuseppe, in Egitto, e gli disse di ritornare con Maria e il figlio nella terra d'Israele. E così ritornarono tutti a Nazaret.

Quando Gesù aveva dodici anni, Giuseppe e Maria andarono con lui a Gerusalemme per la festa di Pasqua. Al ritorno, perdettero Gesù e lo incontrarono tre giorni dopo a Gerusalemme, nel tempio, tra i maestri che lo ascoltavano stupiti per la sua intelligenza e le sue sagge risposte.
Gesù dava i primi segni di essere l'Eletto di Dio.

Predicazione di Gesù

Gesù predicava per tutta la Galilea. Un giorno, mentre parlava alla folla da una barca, chiese che venissero gettate le reti, e queste si riempirono all'istante di pesci. I pescatori che stavano con Lui lasciarono tutto e pieni di fede, lo seguirono: erano i Suoi primi apostoli.

Gesù insegnava nelle sinagoghe, per le strade, nelle case, e da Lui andavano molte persone affinché potesse curare loro le malattie e le sofferenze. Tutti si meravigliavano dei Suoi miracoli.

A una donna, a letto con la febbre, le prese la mano e l'alzò. La febbre sparì all'istante e la donna ringraziandolo si mise al suo servizio.

Invitarono
Gesù ad un matrimonio
a Cana. Durante il pranzo
ci fu un momento
in cui il vino finì.

Gesù quindi chiese che venissero riempite delle tinozze vuote con dell'acqua e convertì quest'ultima in vino. Tutti rimasero sorpresi dal miracolo che aveva fatto.

Gesù insegnò ai suoi discepoli come predicare: "Siate prudenti come i serpenti e semplici come le colombe. Per colpa mia vi imprigioneranno e vi interrogheranno. Non preoccupatevi. Lo Spirito Santo parlerà per voi.

Un giorno Gesù era su una montagna circondato da gente, si sedette e pronunciò queste parole: "Beati i poveri di spirito, perché loro è il Regno dei Cieli".

Ed elencò le otto beatitudini. Dopodiché, insegnò ad amare i nemici e ad essere compassionevoli.

Essendo Gesù insieme
ad una grande folla, disse:
"Provo compassione per questa
gente, perché è con me da tre
giorni ad ascoltarmi
e non ha niente
da mangiare!".

Gesù prese quindi i pochi pani e pesci che aveva e, ringraziando Dio, li moltiplicò e cominciò a distribuirli tra la folla. Tutti mangiarono a sazietà e addirittura avanzò del cibo.

Mentre salutava la gente, Gesù ordinò ai suoi discepoli di salire sulla barca e dirigersi verso l'altra sponda. Dopodiché Egli rimase a pregare, e all'imbrunire si diresse verso i suoi discepoli camminando sul mare. "Veramente sei il Figlio di Dio!" dissero tutti loro meravigliati.

Lazzaro era amico di Gesù ed era molto malato. Le sue sorelle chiamarono Gesù perché venisse a curarlo. Quando arrivò, Lazzaro era già morto da quattro giorni. "Vostro fratello resusciterà!" disse Gesù. "Io sono la Resurrezione. Colui che crede in me, anche se muore, vivrà".

Escesero al sepolcro. Gesù chiese che venisse spostata la pietra ed esclamò: "Alzati Lazzaro!". Ed il giovane tornò in vita ed uscì dal sepolcro camminando. Tutti si meravigliarono per il miracolo.

Gesù curò anche i ciechi. Un giorno, vide un uomo cieco dalla nascita, sputò per terra, fece del fango con la saliva e glielo spalmò sugli occhi. Gli disse di andarsi a lavare e questi tornò a vedere.

Gesù

a Gerusalemme

Gesù entrò a Gerusalemme in sella a un asino, mentre era acclamato dalla moltitudine che era uscita ad accoglierlo con rami di palme: “Benedetto il Re d’Israele che viene nel nome del Signore!”.

Siccome era la festa di Pasqua, c'era molta gente a Gerusalemme. Gesù si diresse al tempio, e vedendolo occupato da mercanti con le loro bancarelle, si infuriò e con una frusta cacciò fuori dal tempio tutti i venditori.

Gli scribi e i farisei, che non vedevano di buon grado la fama di Gesù, cercarono di trovare una scusa qualsiasi per poterlo consegnare alle autorità.
"Maestro, sappiamo che insegni con franchezza il cammino di Dio.
È giusto pagare un tributo a Cesare o no?".

Gesù rendendosi conto dell'astuzia, chiese loro una moneta.
"Di chi è l'immagine incisa qui sopra?".
"Di Cesare!" risposero loro.
"Ecco, date a Cesare quel che è di Cesare e a Dio quel che è di Dio!".

Gesù sapeva che molti giudei e farisei erano contro di Lui e che presto sarebbe stato arrestato. Per questo uscì da Gerusalemme per celebrare con i suoi discepoli la cena di Pasqua, sapendo che sarebbe stata la sua ultima cena.

Prese il pane, lo benedisse, lo distribuì tra i suoi discepoli. Allo stesso modo fece più tardi con il vino. "Fate questo in memoria di me!" disse.

Durante la cena Gesù si alzò dal tavolo, prese un asciugamano e un po' d'acqua e si mise a lavare i piedi dei discepoli. Voleva insegnare loro, con il suo esempio, ad essere umili e a servire sempre gli altri.

Dopo l'ultima cena di Pasqua, Gesù e i suoi discepoli andarono a pregare in un orto sul Monte degli Ulivi. Gesù si appartò e, inginocchiato, cominciò a pregare chiedendo aiuto a Dio per mantenere la forza durante le sofferenze che avrebbe patito di lì a poco.

Quindi gli apparve un angelo venuto dal cielo, che lo confortò e riempì di pace il suo cuore.

Qualche istante dopo, Gesù fu arrestato e condotto di fronte al Consiglio degli anziani e dei sacerdoti.

Gli domandarono se Egli era il Figlio di Dio. "Sì, tu lo hai detto!" rispose Gesù. E perciò lo accusarono di essere un blasfemo e decisero di portarlo davanti a Pilato affinché potesse giudicarlo.

A Pilato non sembrò che Gesù avesse commesso alcun delitto.
Tra i giudei, durante la Pasqua, era consuetudine liberare un prigioniero e, quindi, Pilato chiese al popolo chi avrebbero preferito liberare... Tutti risposero Barabba, perché era un prigioniero famoso. Pilato si lavò le mani con l'acqua per far vedere che non era stata sua la decisione.

Morte e resurrezione di Gesù

Quindi, il governatore romano, Ponzio Pilato, attenendosi ai desideri del popolo, liberò Barabba e consegnò in cambio Gesù, affinché venisse crocifisso.

I soldati lo denudarono e gli misero in testa una corona di spine. Dopo, lo schernirono, gli sputarono addosso, lo colpirono in testa con una canna e si presero gioco di Lui.

Quando i soldati si
stufarono di maltrattarlo,
Gli diedero la croce
da portare e lo fecero
passare per le strade
di Gerusalemme,
in direzione del
monte Calvario,
per crocifiggerlo là.

Molte donne
Gli andarono incontro
piangendo, vedendo
quanto stesse soffrendo
con la croce in spalla.
Ma Gesù le consolò
con le Sue parole.

Quando arrivarono al monte Calvario, i soldati Gli tolsero i vestiti e lo inchiodarono sulla croce.

Sopra la croce misero un cartello su cui era scritto: "Gesù il Nazareno, il Re dei Giudei!".

Insieme
a Gesù crocifissero
due ladroni. Uno
di loro disse a Gesù:
"Non sei Tu il Figlio
di Dio? Allora salvati
e salva anche noi!".
Il secondo ladrone
rispose al primo:
"Ma non temi Dio?
Noi abbiamo meritato
questo castigo, ma Lui non
ha fatto niente di male".

E rivolgendosi
a Gesù gli disse:
"Ricordati di me
quando arriverai
al tuo regno".
"Sappi che oggi sarai
con me in Paradiso..."
rispose Gesù.

INRI

Dopo varie ore di sofferenza sulla croce, Gesù disse gridando: “Padre, nelle tue mani metto il mio Spirito!”. Detto questo morì. In quell’istante, ci furono tuoni e lampi dal cielo, e la terra incominciò a tremare. La gente scappò correndo, impaurita e un soldato disse: “Veramente, era il Figlio di Dio!”.

Un discepolo di Gesù si incaricò di staccare il corpo dalla croce, e dopo averlo profumato e avvolto in un lenzuolo, lo seppellì in un sepolcro. Le donne che avevano seguito Gesù dalla Galilea fino a Gerusalemme non smettevano di piangere la sua morte.

L'entrata al sepolcro fu chiusa con una grossa pietra e furono poste delle guardie affinché nessuno dei suoi discepoli rubasse il corpo e dicesse poi che era resuscitato, come Gesù aveva predetto.

Il terzo giorno dopo la morte di Gesù, ci fu un terremoto e l'angelo di Dio fece rotolare la pietra che tappava il sepolcro. Le guardie, impaurite, rimasero pietrificate, e le tre donne che andavano a visitare il sepolcro entrarono e videro che Gesù non c'era. "Non temete, Cristo è resuscitato ed è diretto verso la Galilea. Là lo vedrete!" disse loro l'angelo. E queste corsero a spargere la notizia.

I discepoli andarono in Galilea e lì, così come aveva annunciato l'angelo, apparve loro Gesù: "Correte a predicare tra la gente e battezzate nel nome del Padre, del Figlio e dello Spirito Santo. Io sarò con voi fino alla fine del mondo!".

L'apostolo San Paolo

Paolo, prima di diventare discepolo di Gesù fu un grande nemico dei cristiani: li perseguitava e incarcerava. Il suo nome era Saulo. Un giorno, sulla strada per Damasco, una luce dal cielo lo circondò e lo accecò; udì la voce di Gesù che gli ordinava di entrare nella città.

Saulo, che continuava ad essere accecato, entrò con i suoi uomini a Damasco, e prese alloggio in una casa. Gesù quindi apparve ad un cristiano chiamato Anania e gli chiese di andare a trovare Saulo, per curare la sua cecità.

Anania si sorprese per la richiesta, poiché conosceva la cattiveria di Saulo verso i cristiani, ma andò a casa sua. “Saulo, mi manda Gesù affinché tu possa recuperare la vista e restare pieno di Spirito Santo!”. E in quell’istante Saulo tornò a vedere, e pieno di fede, venne battezzato.

Da quel momento Saulo cominciò a predicare la parola di Dio. I giudei che vivevano a Damasco decisero di ucciderlo, e Saulo dovette fuggire a Gerusalemme. Là conobbe Barnaba e con lui intraprese il suo primo viaggio verso Antiochia e Cipro per predicare la fede cristiana. Fu in quel momento che Saulo cambio il nome in Paolo.

In alcuni luoghi furono perseguitati dai giudei e dovettero scappare. Ma in altri furono ben accetti.

Nel suo secondo viaggio, Paolo scelse come compagno Sila, e con lui andò in giro per tutta la Macedonia. Nella città di Filippi, Paolo e Sila vennero accusati di far insorgere la città con le parole che predicavano.

Le guardie li colpirono con bastoni e li incarcerarono.

A mezzanotte, mentre Paolo e Sila pregavano, ci fu un terremoto così forte che tutte le porte del carcere si aprirono. Il carceriere, credendo che i prigionieri volessero fuggire, decise di ucciderli con la spada. Paolo glielo impedì parlando della parola di Dio. Per questo il carceriere si convertì alla fede di Cristo.

Paolo e Sila furono liberati e continuarono il loro viaggio attraverso la Grecia. Ad Atene, Paolo spiegò alle genti che le statue degli dei che riempivano la città erano falsi dei, e parlò loro del vero Dio.

Nel terzo viaggio, Paolo arrivò ad Efeso. Là incontrò alcuni uomini che erano stati battezzati da Giovanni Battista, ma che non avevano sentito parlare dello Spirito Santo.

Paolo mise le sue mani sulla testa degli uomini e li battezzò nel nome di Gesù. E lo Spirito Santo scese su di loro.

Paolo dedicò tutta la sua vita a predicare la parola di Dio nei suoi lunghi viaggi; scrisse anche numerose lettere ai discepoli che lasciava a loro nei posti dove passava, per spingerli verso la fede in Cristo.